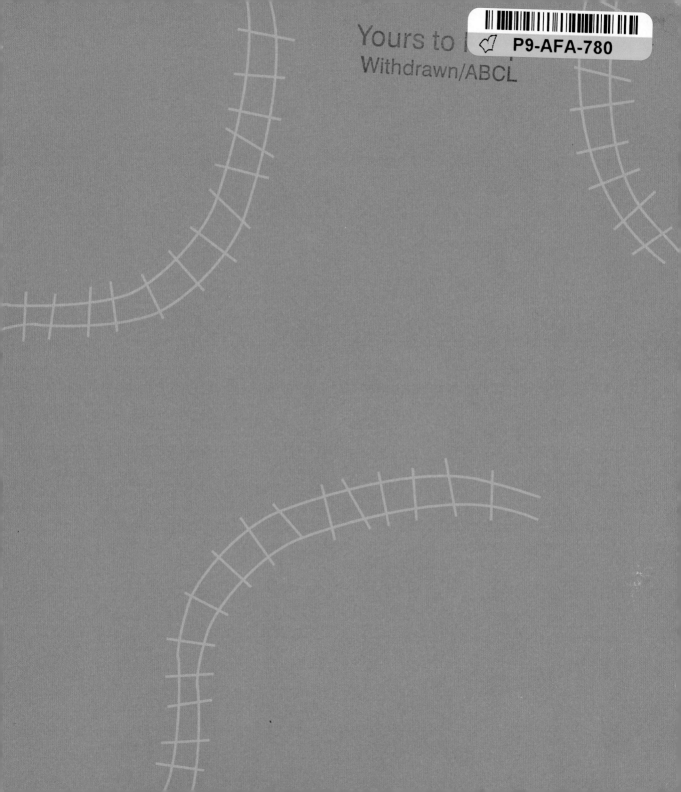

El cangrejo Matías

edebé

El cangrejo Matías

(aprende a caminar)

Texto: Álvaro Colomer
Ilustraciones: Gusti

© Ed. Cast.: edebé, 2013
Paseo de San Juan Bosco, 62
08017 Barcelona
www.edebe.com

Directora de la colección: Reina Duarte
Editora de Literatura Infantil: Elena Valencia
Diseño de cubierta: Francesc Sala

Primera edición, abril 2013

ISBN: 978-84-683-0810-4
Depósito Legal: B. 174-2013
Impreso en España
Printed in Spain
EGS - Rosario, 2 - Barcelona

Para Claudia y Águeda, dos niñas que ya
saben caminar.

Érase una vez un cangrejo que acababa de nacer. Se llamaba
Matías y no se sostenía en pie. Tenía las patas tan finas…

Los animalitos de la playa lo fueron a ver. La gaviota, la tortuga y el erizo también. Todos le decían:

—¡Levántate, Matías, vamos a jugar!

El cangrejo Matías al fin se puso en pie. Pero las pinzas le pesaban mucho y se cayó otra vez.

Tenía la cara en la arena y en el aire los pies.

La gaviota, la tortuga y el erizo lo fueron a levantar. Y ya no se volvió a caer.

Los animalitos echaron a correr y Matías los quiso seguir.

Descubrió

entonces

que

caminaba

al revés.

El cangrejo Matías se puso a llorar. No entendía qué le ocurría... Por más que intentaba avanzar, todo

el rato

iba

hacia

atrás.

Sus amigos le quisieron ayudar.

—¿Qué pasa, Matías? ¿Por qué vas al revés?

—Porque no sé caminar.

—Eso es imposible —le dijeron—. Todo el mundo sabe andar.

—Pues yo no.

—Inténtalo otra vez.

Matías se puso en pie, dispuesto a avanzar. Pero de nuevo

se fue

hacia

atrás.

Tan

atrás que

se metió

en el mar.

Ahora Matías estaba en el fondo del mar. Creía que se iba a ahogar. Pero descubrió que ahí dentro también podía respirar.

Vio un pulpo, una caracola y una estrella de mar.

La caracola también andaba hacia atrás.

—Dime, caracola, ¿por qué caminamos al revés?

La caracola se rio:

—¿Qué más da hacia dónde vas?
Lo importante es llegar.

Entonces una ola sacó a Matías del mar. La gaviota le esperaba con un paquete colgado del pico. Sus amigos le habían comprado un regalito. Matías lo abrió. Era un retrovisor.

—Para que veas adónde vas —dijo el erizo de mar.

El cangrejo Matías se puso el retrovisor. Ahora podía ver lo que había detrás. Pero él no quería un espejo, sino caminar como los demás. Y decidió intentarlo por última vez.

Los animales se pusieron en fila para correr a la de tres. Uno… Dos… Y tres…

Salieron todos pitando y Matías, una vez más,

se fue

hacia

atrás.

Y ya estaba a punto de llorar cuando un enorme monstruo salió de las profundidades del mar.

—¡Un monstruo, un monstruo! —gritó.

Sus amigos, que habían corrido hacia delante, tuvieron tiempo de escabullirse, y Matías usó sus pinzas para cavar un agujero donde meterse.

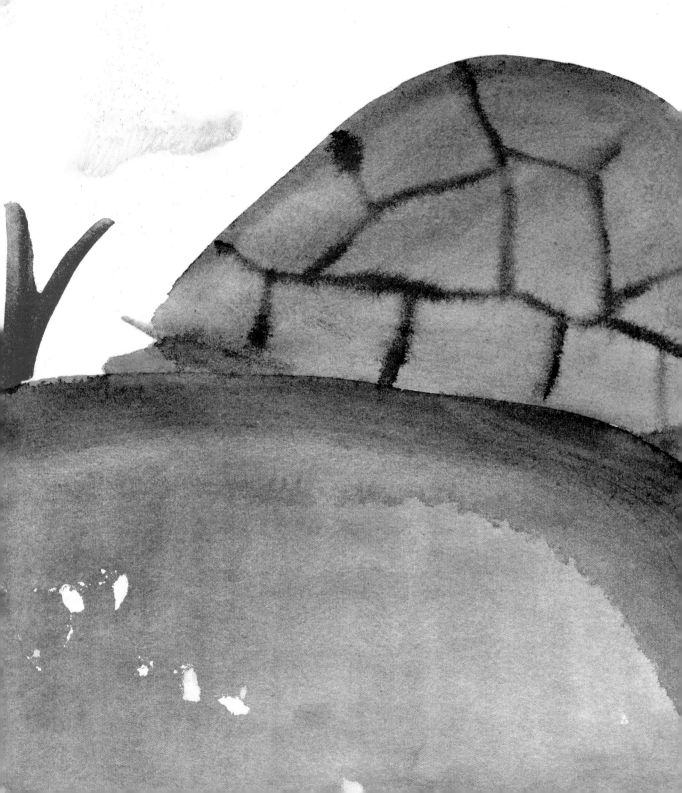

Cuando el monstruo se marchó, los animalitos salieron de sus escondrijos. Estaban a salvo y abrazaron a Matías. Les había salvado la vida.

Y así fue como el cangrejo conoció la ventaja de ir hacia atrás: podía ver los peligros antes que los demás.

Desde entonces, el cangrejo Matías se siente orgulloso de su modo de andar y se ha convertido en el policía del lugar.

Y siempre, cuando juega con sus amigos, se pone el retrovisor para no tropezar.